아도동인 시집 4

손저울

김관옥 外

아도동인 시집 4

손저울

초판인쇄일 | 2013년 2월 15일
초판발행일 | 2013년 2월 28일

지은이 | 김관옥 外
펴낸곳 | 도서출판 황금펄
펴낸이 | 金永馥
주 간 | 김영탁
디자인실장 | 조경숙
제작진행 | 칼라박스
주 소 | 110-510 서울시 종로구 동숭동 201-14 청기와빌라2차 104호
물류센타(직송 · 반품) | 100-272 서울시 중구 필동2가 124-6 1F
전 화 | 02)2275-9171
팩 스 | 02)2275-9172
이메일 | tibet21@hanmail.net
홈페이지 | http://goldegg21.com
등록번호(제2-4341)

ⓒ2013 아도동인 & Gold Feel Publishing Company Printed in Korea

값 9,000원

ISBN 978-89-94786-01-8-03810

손저울

김관옥 外w

황금필

밤하늘엔 널부러진 별똥별이

땅에는

아름다운 도반들의 소리로

빚어내는 집들이 따뜻하다

차 례

김현근

문근식

박연규

박일규

아는 병

썩은 어금니를 치료하는데
마취제를 충분히 놓았으니 의사는
아프지 않을 거라고 한다
눈감고 아
입 벌리고 있으면 그만인데
그만인데, 자꾸 눈물이 난다
아프냐고 의사는 몇 번인가 물었지만
아프지 않아도 눈물이 날 수 있다고
아 입 벌리고 있으니 말해 줄 수가 없다
엄마는
아는 병은 무섭지 않다고 했다
썩은 어금니는 아는 병이다
오래 친한 병이다
너무 친해서 썩은 병이다
이 썩은, 우정 같은 병이
그 뿌리를 도려내며 내게
명분 하나를 슬쩍 쥐여준 것이다
자 이제 울어라
위패 같은 병든 이빨 하나가

내 눈물의 물꼬를 틔워준 것이다
울어도 되는 명명백백한 처방을 받았으니
모르는 병 백 개 천 개를
아는 병 하나가 지금 다스리는 중이시다

이화은 경북 경산 출생
1991년 『월간문학』으로 등단
시집 『이 시대의 이별법』『나 없는 내 방에 전화를 건다』『절정을 복사하다』
시와시학 젊은시인상 수상
포엠토피아 주간
shyihe@unitel.co.kr

숲의 UFO들

김 영 탁

늙은 물푸레나무에 쇠박새 날아와
수피 속 벌레를 찾는 사이
딱정벌레 비행접시처럼 붕붕거리고
날아가는 쇠박새 새똥 폭격에
어린 풀이 놀라 기지개를 켜고
어느새 숲은 울울창창,
그 숲 속에 지상군 매복조 여우와 고라니는
날아다니는 쇠박새 바라보며
미확인 비행물체라고 연신 무전을 치고
늙은 수피를 타고 오르는 개미군단
나무 구멍 속 미확인물체를 찾는 개미 수색조
그러면 늙은 물푸레는 간지러워 웃고
다시, 숲은 울울창창하여
서로가 UFO
숲의 전쟁과 향연
서로가 그땐 누군가 몸을 내주어야 하지만,
숲은 슬프지 않고

김영탁 경북 예천 출생, 1998년 「시안」으로 등단
시집 「새소리에 몸이 절로 먼 산보고 인사하네」
현재 「문학청춘」주간, tibet21@hanmail.net

공중부양

양 균 원

겨울 햇살
널 좇아 서너 번 자리를 옮긴다

너만의 온기로 지탱하는 늦은 오후
조금 더 늘리고 싶은데

땅바닥에서 공중
부양했다

어느새 길 건너
누군가의 옥탑방에 올라가 있는 너

양균원 전남 담양 출생. 1981년 광주일보. 2004년 『서정시학』으로 등단
시집 『허공에 줄을 긋다』 등
현재 대진대학교 영어영문학과 교수
evenfirst@hanmail.net

달빛 몽유에 들다

창의 경계에 한 자락 흐드러진 장다리꽃밭

푸른 이랑 사이로 흰 나방떼 난다.

머뭇거릴 새 없이 버선발로 쫓는데 그림자만 뒤따른다.

너는 오는데 나는 왜 쫓는 것일까,

풍등처럼 옷깃 휘적거리며 적요 속으로 꺼져가는 중일까,

어디만큼 당도하니 박우물 가에 웅성거리는 나방들,

달을 찾아 투신하는 듯 부산한 날갯짓인데

우물 속 들어앉은 달 보이지 않는다.

나방을 쫓는 나와 달을 쫓는 나방 사이

이슥토록 떠다니는 환한 분말가루 손끝으로 만지면

저만치 달아났다가 돌아서면 금세 어깨 위에 내려앉
는다.

한 송이 꽃으로 피어난 달빛 속을 헤매는

나는 흰 나방이 된 것일까,

이만섭 전북 고창 출생, 2010년 경향신문 신춘문예로 등단
12125411@hanmail.net

누가 나를 데려왔을까?

홍 지 헌

누가 나를 데려왔을까
즐거웠던 지난밤
마지막 기억이 지워지고
눈을 떠보니 내 집에 누워있네
누가 나를 여기까지 데려왔을까
행복하던 어린 시절, 젊은 시절
추억의 조각들만 듬성듬성 남아있는데
정신을 가다듬으니
반백의 중년으로 앉아있네
하늘 가득 빛나는 별들 사이
보이지 않는 한 점 티끌 지구로
누가 나를 데려왔을까
언제까지 여기에 있을까
세상에 못 믿을 기억 속에
흘러가는 삶
무뎌지는 감각을 추스르며
바닥을 짚고 몸을 일으키네

홍지헌 강원도 동해 출생. 2011년 『문학청춘』으로 등단
현재 서울 강서구 연세이비인후과의원 원장
jihunhong@hanmail.net

■ 아도동인 시집

김 관 옥

전남 곡성 옥과 출생
『문예시대』로 등단
시인포럼 동인
한국시인협회 회원
시집 『변명』
e-mail : kkok88@naver.com

손저울

김 관 옥

손때 묻은 저울을 보면
실오라기 같은
눈금 하나 가지고 밀고 당기던
궁핍한 그림자가 꿈틀거린다
시골장 어귀에서, 한사코
저울대 머리 쪽으로 추를 끌어당기려는 꾼
반대편으로 추를 끌고 가고픈
애절한 농심農心
눈물 한 방울 갈고리에 걸어보면
어느 눈금에서 춤을 출까
사랑한다는 말
피皮 떨고 나면 몇 근이나 남을까?
섬섬히 쌓인 내 살 비린내는
또 얼마나 나갈까

상고머리

— 김원기 친구에게

물총새 알을 많이도 주워 늘 호주머니가
불룩했던 까까머리였는데

강스파이크도 힘차게 잘 때렸던 상고머리
배구 선수였는데

처음 보는 신부 앞에서도
그냥 그 머리 숙맥 새신랑이었는데

어느 날 하정맥이 막혀
썩어가는 발목을 버려야 산다며

병실 침대에 걸터앉아 의족을 만지면서
풋풋한 웃음으로 짠한 내 마음을
말려주던 상고머리

땅굴

산벚꽃이 하얀 손을 흔드는 날
두 어머니 가슴에 응어리를 풀어주려
소주 한 병 내려놓고
허리 꺾으려는데
아 뿔 싸
아버지의 전령사가 된 두더지
생모 반대편
어머니 집 쪽으로
지하 터널 공사를 하는지
전갈을 가는지 잔디가 들썩거린다
심술이 발동하여
발뒤꿈치에 전신의 힘을 모아
덮쳤으나
잽싸게 오던 길로 되돌아가
불효자의 분노를 고자질하는지
조용타!

제비의 습성

스텝보다는 밀착에 신경을 곤두세우는 춤꾼
돌아가는 시곗바늘처럼
거칠 것 없이 빙글빙글 도는 무대
부싯돌을 비벼 불꽃을 피우듯이
실버들 가지를 놓칠세라
매미처럼 바싹 붙어서
무희 브래지어 투구 틈서리에
사향 냄새를 퍼뜨리고 싶어
안달이 난 제비

너를 보내고

막차가 떠난 헐렁한 광주역 광장
얼룩진 시간 위에 비를 뿌린다
풍선처럼 공허한 마음 이끌고
어둠에 포위당한
그림자 하나
가슴에 얼룩무늬를 덧칠하라
열어준, 덜 여문 마음이
철길 따라 뒹구는 밤

김 영 순

강원 횡성 출생
2003년 『시와시학』으로 등단
시인협회 회원
todam604@hanmail.net

박

올해도
어느 마을 박꽃 환하다
제 몸 한켠 내준 채 여름을 건너가는 한 풍경이 있다

달과 별 사이
어머니와 나 사이, 말 없는 노래가 있다
박 속 같은 수다가 있다

꿰맨다는 것

헤진 밥상보에 조각천을 대고
꿈을 깁던 그녀는
지금 무얼 깁고 있을까

갈라 터진 논에 봇물을 대고
해 종일 버드나무 아래서
하루를 깁기도 하던 아버지는

가을 햇살은
폭풍이 할퀴고 간 들녘을
등 따갑도록 촘촘히 오가고

새털구름은
찢어진 미루나무 가지 끝에서
밤 이슥토록 떠날 줄 모르는데

거름더미

베어진 잡초
짐승의 분비물들이
서로 몸을 비비고 있다. 견디고 있다

어떤 새로운 생을
일구어 내려는 걸까
썩는 냄새가
저만의 향기로 가득하다

어느 변두리
누군가 부려 놓고 간 한 짐의 길 위로
배꽃 하얗게 피고 있다
늦봄이 피고 있다

까닭 없이 마음 울적할 때는

산막이 옛길을 거닐어 보세요
큰 뽕나무와 밤나무가 숲을 이루고 있는

고인돌 쉼터와 소나무 동산
소나무 출렁다리를 지나면
호랑이굴과 노루샘이 있지요

옷 벗은 미녀 참나무
앉은뱅이우물
얼음바람골을 지나
금방이라도 하늘을 날아오를 것만 같은 매바위

호수에 취해 걷다 보면
아! 이게 마흔 고개구나
그도 잠시
다래숲동굴 진달래동산 가재연못이

무엇보다 누군가와 사랑하고 싶다면
초인初入으로 돌아가 정자목을,

서로 사랑을 나누는 소나무 모습이
천 년에 한 번 십억 주에 하나 정도 나올 수 있는
음양수라네요

그래도 울적하거든
뿌리가 서로 다른 나뭇가지가
한 나무처럼 합쳐 살고 있는 연리지
그들의 소리에 귀, 기울여 보세요

고향의 가을

투박하지만 고즈넉한
정바우 옛 다리

올밤나무집 아래
소도록히 내려앉은 달빛

쿵쿵소의 틀어진 길 같은
세 번째 여인과 사는 친구 이야기를 들으며
새벽 강물을 바라보는데

징검돌과 섶다리가 없다
강물보다 더 깊은
가을을 건너야 하는데

김 현 근

경남 남해 출신
『한국문인』으로 등단
남해문학회원
한국문인협회 회원
제14회 공무원문예대전 금상 수상(시 부문)
남해군청 문화예술팀장(현재)
hkkim7032@korea.kr

온난화

김 현 근

　세 살배기에서 팔순 노인까지 팬티만 차고 바다에게 덤비는 계절이 왔다. 남해 상주 '은모래 비치'는 더위를 먹고 날짜 계산을 잘못했는지 칠월 초에서 유월 말로 개장 시기를 앞당겼다. 해변에는 포클레인 의사가 지난겨울 상처를 성형하고 별들은 구름거품을 걷어내고 햇빛으로 목욕 중이다. 금산 발치에 누워 있던 바다는 썹 같은 미모의 백사장은 개장을 알리는 언론에 은빛 가슴을 다 드러냈다. 태양이 놀라 외눈을 부릅뜨고 신들마저 옷을 벗고 바다로 뛰어들 날씨다.

동지

동지는
낮을 많이 잡아먹어 배가 부르다
그러고도 모자라 팥죽까지 먹는다.

임플란트

내 나이 아직 멀었는데
입속에 누가 바람을 넣었는지
음식을 씹을 때마다 이가 시큰거렸다
낡은 집 한 채를 놓고
찬바람이 세를 놓으라고 한 보름 떼를 썼다
세놓을 생각이 없어
이를 악물고 일 년 넘게 치과를 들락날락
마침내 낡은 방을 부수고 새 방을 하나 들였다
바람을 몰아내고 기둥을 세우니
삼시 세 때가 편해졌다.

남해 지겟길 1

평산항 콧등 올라서니
누군가 한 짐 부려 놓은 바다가 달려옵니다
보란 듯이 두루마리처럼 해안선을 펼쳐 보입니다
유구마을 앞, 섬 하나 가슴을 드러내자
동행했던 황톳길도 헉헉거리며 붉은 숨을 몰아쉽니다
뭍으로 오르고 싶어 섬은 얼마나 울었을까요
아버지의 무거운 지게처럼
생의 등짐 내려놓고 싶은 날 있었을 것입니다
나도 섬이었을 때
달빛으로 편지를 쓰고 비구름에 섞여 울었던 날 있습
니다
어떤 인생도 빗방울 하나, 파도 한 소절이 문제입니다
저 작은 섬도 응어리로 쓴 일기책 한 권쯤 있을 것입
니다
아버지가 보고 싶을 때 지겟길을 발바닥으로 읽습니
다.

산속 종합병원

남해 편백숲
의사들은 신문 광고 대신 물소리를 풀고
바람개비를 돌리고 나비를 날린다
저수지 물소리를 풀면 귓병 환자들이 달려오고
미술관 바람개빌 돌리면 눈병 환자들이 달려온다
생태 공원에 나비들을 풀면
호기심병 환자들이 병아리 입을 달고 몰려와 종일 숲
이 소란하다
뼈마디가 약하고 근육이 무른 체질병은
등고선 높은 곳에 근무하는 의사들의 몫이지만
몇 번 불러올리는 것이 치료법의 전부
너도나도
바다에서 얻은 병, 들에서 얻은 병, 하늘에서 얻은 병
온갖 병 다 풀어놓아도 진료비와 약값은 무료
편백 병원, 피톤치드 링거병만 수백만 개
아토피성 피부병도 편백숲 병원에서는 맥을 못 춘다
싱싱한 물소리로 목을 축인 새소리들과 숲길을 거닐
어도
피부병은 사라진다

편백숲에는 휴가를 반납한 50년 경력 베테랑 의사만 수천 명

이 병원에 입원하려면 봄부터 예약을 서둘러야 한다.

문 근 식

충북 단양 출생
『포엠토피아』로 신인상
시집 『눈썹끝의 별』
산문집 『길에서 그리운 이름을 부르다』

저쪽

네가 있는 곳은 나의 저쪽
이쪽과 저쪽은 너무 멀어
네게로 가는데 평생이 걸리지
지천명을 걸어도 좁혀지지 않지
그래도 그리운 것은 늘 저쪽에 있어
날마다 조금씩 다가가지
문득, 걸음 멈추고 돌아보지
돌아보면 내가 서 있는 곳은 아직 이쪽
작은 도랑 하나 건너지 못했지
도랑은 늘 경계에 있어 그렇게 생각했는데
하지만 그곳도 경계는 아니었어
어디에도 경계는 없어
내가 서 있는 곳은 늘 이쪽 얼마 전
할아버지 할머니 아버지 저쪽이 되셨지
저쪽이 되고서야 비로소
이쪽이 되셨지
이제 조금은 알 것 같아
눈감고 바라보는 건너편

이쪽

솔개

숨이 찰 텐데,
잠시 날개 접으면 어때
위도 아래도 아득하기만 한 이곳
발만 들면 어디든 하늘인 여기, 주저앉아
한 번쯤 뒤돌아보면 어때
때론 그리움도 아픔이 되는
올라가기도 내려가기도 애매한 여기
네가 있는 곳은 언제나 끝
사는 것보다 죽음을 먼저 안 그녀가
택한 이 길에서
더 이상 날갯짓은 의미 없어
인도양 어디 바다에서 불어와
갈참나무 숲 속에 내려앉은 바람처럼
내려앉아 날개 접어도 좋아
시작도 끝도 아닌
사방이 낯선
이 불안한 허공에

해변에서

어둠이 오고
너의 등 뒤로 별이 뜬다
네 것도 내 것도 아닌 별이
너의 눈동자로 내려왔다
눈감을 때마다 흘러내린다
모래 속으로 스며
빛을 잃는다

돌아선다

노을이 수면 위를 걸어가듯

수화로 말하다

봄도 아닌데
날아다닌다
계단을 오르내린다
나비의 날갯짓에는 의미가 있어
말보다 더 많은 말이 숨어 있어
귀로는 들을 수 없지 그래서
날개와 날개 사이
그 미로에서 종종 길을 잃지만
날개 끝 미세한 떨림이나
빠르게 얼굴을 지나는 서너 개의 표정으로
길을 찾지 실상
그 길도 길은 아니었는지
날개로는 모든 것을 말할 수 없어
온몸을 쓰는 아이
눈을 감는 아이
손과 손 사이 마음과 마음 사이
힘겹게 남아 있는 몇 개의 말 그걸
난 봄이라 읽지

역 광장 구석 자리 아이들
벙어리장갑을 끼고 있지

외로움을 바라보다

함께하는 밤이 낯설다
창 밖을 보다
무심코 흘리는 긴 한숨에
그대는 커피잔을 내밀고
난 조금 머쓱해져
순간 손이 떨리지만
그건 당신에 대한 미안함일 뿐
죄책감은 아니지
커피 한 잔에도 종종 잠을 잃는 당신은
밤새 불면을 헤매다 잠들고
나를 떠난 수많은 생각은 또
돌아오는 길을 잃는다
현관 야행성 벽시계가
3시를 갸웃거리고
가슴이 어둠으로 차오른다
눈을 감고
종종 끊어지는 잠과 잠 사이
어둠과 어둠 그 행간에서
바라본다 바라보지만

어디에도 너는
없다

박 연 규

전북 남원 출생
『문예시대』로 등단
전북카톨릭문인회 회원
한국시인협회 회원
시화집 『아름다운 길』
psj-lsj@hanmail.net

바람둥이의 고백

박 연 규

나는 오래전부터 아나*족의 한 여인을 몰래 사귀고 있었다 그녀가 선물한 태엽 시계의 초침 소리에 눈을 뜨고 수시로 들려준 아코디언의 구성진 리듬에 잠이 들었고 그녀가 찍은 정자나무 아래 도랑가 빨래터 방망이질하는 아낙네들의 수줍은 사진 속에서 침을 흘렸다 화려하지는 않지만 달빛처럼 은은하고 진솔한 내 사랑, 그녀의 모든 것들은 벌레 먹은 배추처럼 신선하고 조선간장처럼 은근하게 맛이 우러나고 있는데 갑자기 나타난 신세대 여인 디지* 그녀와 요즈음 거의 매일 밤 열애중이다

오늘도 밤은 점점 깊어가는데 거울같이 선명한 그녀 물미역처럼 부드럽고 무지개같이 빛나는 아름다운 그녀 지금 바로 내 눈앞에서 휘황찬란한 몸매로 내 혼을 뺏고 있으니 나는 지금 황홀해 죽을 지경이다 그만 헤어져야 하는데, 보내야만 하는데 눈 깜박할 사이 또 다른 몸으로 변신하여 나의 모든 것을 훔쳐가니 요지부동 그녀의 늪에서 헤어날 길이 없다

순간 정전인가
어둠이다

신세대 내 연인의 그 아름답고 황홀한 몸매도 음악
소리도 찬연한 그림들도 모두 모래알 흩어지듯 산산이
조각난 어둠의 공간, 암울한 기운 온 천지에 가득하다
테이블 위 야광 태엽 시계의 시침 분침 초침이 일직선
으로 나란히 놓이고 째깍째깍 내 사랑 아나가 내 곁으
로 다가오는데 아뿔싸 귀가 가렵고 눈이 시큰거린다 누
군가가 늦바람 피운다고 흉이라도 보고 있는 게야! 아
내의 잠꼬대 소리는 보리피리 소리만큼이나 가냘프게
들려오고 담장 넘어 별빛 사이로 귀뚜라미는 울어대
고…

* '아나'와 '디지': 아날로그와 디지털

한판의 승부

더위가 목을 조르는
한여름 한낮
벼락같은 고함으로 일단 기세를 잡으려는 순간
바람같이, 미꾸리같이
집 밖으로 빠져나가 버리는 아내

션찮은 선풍기 바람 앞에
땀방울도 외롭다
책장을 넘겼다가 덮었다가
텔레비전을 켰다가 껐다가
전화기를 들었다가 놓았다가
하릴없이 마룻바닥에 갈지자로 누워 코를 골았던가

쿵 하는 소리에 번쩍 눈을 떠 보니
식탁 위에 커다란 수박 한 덩이 놓여 있다
왜 벌써 왔느냐는 능청떤 소리
들었는지 안 들었는지
수박을 쩍 쩍 가르는 소리가
가뭄에 단비 떨어지는 소리만 같아

철없는 늙은 애송이
수박을 핥는다. 후루룩 후 루 룩
단물이 목젖을 타고 내린다
뼛속까지 이어지는
그대와 나의 관문
뻥, 뚫려 버린 한 판의
판정패, 시원하다
잘 익은 수박맛이다

갈등

칡葛과 등藤이 만나면
누가 이기나 겨뤄 보자 한다지요
너는 좌로 나는 우로
비비 꼬며 세상 끝까지 가 보자 한다네요

당신은 등나무로 나는 칡으로
얼키설키 반백을 달려와
이제 겨우 마주 바라봅니다
꼬인 듯 다정하게 보인 우리 사이에
모양도 빛깔도 서로 엇비슷한 예쁜 꽃들이
눈웃음치며 벌 나비들과 삼매경인데

아! 저기 운동장 가 등나무 아래로
사람들이 모여드네요
아마도 나를 제쳐 놓고
그대만의 그늘 아래서
바람놀이라도 하며 쉬어가려나 봐요

나는 지금 당신을 바라보며

모두가 서로 '윈-윈'하며 살 수 있는
'무갈등 꽃나무'의 존재 가능성을
타진하고 있답니다

햇빛을 맛보다

나뭇잎에 주렁주렁 탐스럽게 달린 햇빛을 보면 나는
그 빛살을 한 움큼 꺾어 입안에 넣고 싶어진다
당연히 둔한 내 혓바닥은 정직한 응답을 회피하겠지만
기도하듯 늘 하늘을 향한 나뭇잎들의 맛은
별미일 것이라는 생각을 하며

쾌청이거나 또는 먹구름이
매스컴을 도배하는 날에도 그랬다

잎파랑이들은 열심히
햇빛을 핥아 먹고 있었고 나는
구불구불 봄이 오는 길목에서
이따금 나뭇잎 사이로 흘러다니는
새콤달콤 빛살을 곱씹으며

혀끝 맛세포를
속세에 길들이려고 애를 썼다

나뭇잎 푸른 잎 사이로 가웃이 들여다보이는
하늘구멍이 밉지가 않다

홀로 왜가리

저기 저 버들잎 좀 봐
흔들흔들 줄타기하면서 손짓하는 저
예쁜 손가락 좀 봐

왜
그대는 뙤약볕 아래 서서
두리번두리번
먼 산만 바라봐
지겹도록
왜

아니 저, 저 논병아리들
물버들 그늘 사이로 막 날아드네
술래잡기 굿판 신 나게 한 번 벌일 모양이지

저런!
참새 떼 좀 봐
재잘 재잘
버드나무 새로 와르르 몰려드네 그려

이제 그 홀로 속에서 좀 걸어나와 봐
고적한 긴 목과 외로움의 외다리를 벗어 놓고
버드나무 그늘 깊게 잠긴
강가의 수다 속으로 훌쩍 뛰어넘어와 봐
왜? 왜! 왜가리야

박 일 규

전북 부안 동진 출생
동진초등학교
부안중학교
『포엠토피아』로 등단
아도문학회 동인
시집 『절경은 혼자서도 외롭지 않다』
xhddlftkdtod@hanmil.net

저 창 밖에, 지금

박 일 규

뎅그렁뎅그렁. 그날 그곳에는
그윽하게 울려 퍼지는 종소리가 없었습니다
반짝반짝 가위로 오려 붙인 뭇 별들도
푸른 전나무 이파리에 죽죽 찢어 붙인
탐스러운 눈송이도 없었습니다
(예쁘디예쁜 크리스마스트리가 없었지요)
문득 밟으면 가슴 철렁 깨질 것처럼 얼어붙은 하늘에
높이 뜬 별을 따라가는
동방 박사들의 고행이 있었습니다
낮고 낮은 곳에 얼기설기 이룬 마구간
망아지의 온기마저 떠나 버린
다만, 낡은 구유가 하나 있었을 뿐입니다
천지간에 가무 어지러운 이 밤
그대의 가슴 바깥에는 누가 있습니까?
따뜻하고 풍요로운 이 성탄의 밤
우리의 저 창 밖엔 그 누가 있을는지요?
(창문을 한번 열어 보시지요) 아! 아!
저 안데르센의 가여운 성냥팔이 소녀가
마지막 성냥불을 긋고 있네요

시방 함박눈이 펑펑 쏟아지고 있는데
그분이, 새근새근 그날 밤 그 아기가
(우리들 마음 밖에서)
어서 활짝 문이 열리기를 기다리고 있네요

누구든 내 속에 꽃 한 송이 피워 준다

아파트 13층 베란다에서 내려다보니
저 아래 정원수들의 푸르른 머리 위에
비닐 쓰레기며 인형이랑 전단지들이 떨어져 있다
눈살을 찌푸리며 돌아서다가
언뜻, 울긋불긋한
어떤 것은 꽃처럼 아름답다는 생각이 든다

오늘따라
아까 엘리베이터에서 만난
망나니가 뱉어낸 가래침을 치워주고도 싶은
고운 성정이 문득 활짝 피어난다
어느 누구든
산다는 것은 그렇게 누군가에게
아름다운 꽃 한 송이 피워내게 하는 일인 것을

내 마음이 먼저 꽃을 피우니
이렇게 쓰레기들도 함께 꽃을 피워내는가
온 세상이 다 꽃밭이다

저물녘 연가

설핏, 잠이 들었다가 깨는 한때가 있다

그 짧은 클릭 한순간에도 너무 깜깜한 곳까지 다녀와
등 뒤가 동東인지 앞쪽이 서西인지 어느 쪽이 남북인지
모를 때가 있다 지금이 아침인지 저녁인지
다만 저 수평선 프라이팬 위에서 지글지글 침 꼴깍
목젖 깊숙이 익어가고 있는 달걀노른자 하나
나는 그것이 방금 다녀온 저승의 입구인 석양인 것을
안다
비로소 첫사랑 그 얼굴에 서릿발 깊은 빗살무늬가 새
겨지는 나이
아침보다 일몰의 빛이 더 맛이 있는

입술연지 바르는 여자

입술을 오므리고
립스틱을 바르는 여자
여자의 입술에서
꽃봉오리 터지는 소리가 났다

나도 예쁜 파우치 하나 가지고 싶다
그리운 여인 앞에 설 때면
언제든 무릎 꿇어
나의 립스틱을 꺼내 바칠 수 있도록

낯선, 붉은 부리가 콕콕 쪼아주고
부드럽게 간질여주면
나도 립스틱이 되어
그녀의 온몸 구석구석을 그리다가

그 입술에
내 붉은 향기를 문신처럼 새기고
내 심장에 그녀의 입술을 새겨서
서로 서걱거리며 그리운

푸른 잎사귀가 되고 싶다

여자가 파우치를 잠근다
파우치 속에 들어 있는
문득 나는 **빨간** 립스틱이 되고 싶다

어느 백정이 들려준 이야기

태초에 이 세상엔 바람뿐이었다네

빽빽 밀밀한 그게 바로 혼돈이었대 어느 날 누대의 선조들 중 한 분이 뜻을 세워 바람의 뼈를 바르기 시작 석 달 열흘, 아니 3년? 300년이 걸렸다던가?

큰 뼈는 산맥이 되고 가시들은 초목이 되어 바람의 숨결 순하게 떠돌며 세상의 풍문과 향기를 실어 나르고 이따금 폭풍우를 몰고도 오게 되었대
　저 포정해우* 이야기 같은 그 전설적인 조상님을 기리기 위해 소와 돼지를 잡으며 뼈를 발라내는 그 의식을 후손들이 날마다 하게 되었다지 아마?

그래서 직업에는 귀천이 없는 것이고 백정이 세상에서 제일 위대하다는 거야!
　아니! 세상에나! 우리가 모두 그 백정의 후손이래에!

하기야 듣고 보니 우리 중 칼잡이가 아닌 이 뉘 있는 가? 말과 글로 여차하면 드잡이로 한 칼질씩 하는 솜씨

로 이 극지의 생 건너가고 있는 것 아니겠는가?

* 장자 양생주養生主

윤종분

경기화성 출생
2008년 『시선』으로 등단
silmic@hanmail.net

2월이 오면

윤 종 분

아이들 등쌀에 떠밀려 들어간 패밀리 레스토랑 어설
픈 솜씨로 담아 온 접시에 감사와 쑥스러움이 수북하
다. 가방에서 꺼내는 선물 꾸러미에 들어 있는 낯익은
소품들, 지난여름 냇가에서 주워 온 하얀 돌멩이 위에
깨알깨알 마음이 박힌 편지 커플 핸드폰 걸이 테이블
위에 올려놓은 깜짝 이벤트로 엄마 아빠의 결혼기념일
을 축하한다고, 공포의 두 살 미운 네 살이 자갈자갈
싸우더니 어느새 조약돌 위로 맑은 냇물 소리 내는 아
이들 내 아이들

잘 살 거라고
눈이 하얗게 쌓이던 날이었지
이제 그 두터운 덕담을 갚아야 하는
불혹의 나이가 되었네

2월이 오면
물음표 같은 딸에게 당부하시던
어머니 말씀이
언 살 갈피갈피 눈꽃으로 피네

72

딸

삼복더위에 핀 고, 녀석

엄마의 산도産道보다 더 붉게

한 해 두 해 꽃피우더니

올해로 스물두 송이

딸아이 초롱꽃 얼굴에 연분홍 웃음이

톡톡 피어나고 있다

태국 여인 짠티라

쏭끄란* 축제 때
안산 화랑유원지에서 만난 그녀
입속에 자음 모음이 뒤죽박죽이다
낯선 억양으로 인사를 하면
말아쥔 주먹처럼 몸이 작게 모아진다

"선생님이요.
한국서 일하기 힘들어요. 돈 쪼금 줘요."
된소리가 먼저 튀어나온다

남편과 아들을 구순 노모에게 맡기고 온 그녀
삼킬 수 없는 말들로 새롭게 덧나고 있다
덧날 때마다 생겨난 말들이 자꾸 가라앉는다

기계톱은 그녀의 손가락을 삼켜 버렸다
아교를 잘 먹인 현악기의 줄처럼 튕겨 올랐다
잘려나간 가지 끝 언어들이
통조림 속 봉인된 시간처럼 웅크리고 있다

뭉툭한 손가락으로
가 갸 거 겨 배우는 그녀에게
낯선 언어는 자꾸 잘려나간다

* 태국의 새해맞이 축제

내 고향집에는

홀로 사시던 아버지,
서울 동생집으로 더부살이 가시고
누가 업어가도 아깝지 않을 세간살이에
덕지덕지 한숨만 가득하다
갈 볕에 흠뻑 놀다 돌아와 갈증 나면
군침 돌게 했던 돌배나무 한 그루
시름시름 뻗은 가지가 올해도 하얗게 웃고 있다
더 커야 먹을 수 있다고 야단이셨던 어머니
동생 일기장 찢어 만든 모자 쓰고
오늘도 맑음이었다
뽀드득뽀드득 커가던 큰언니
젖가슴 같아 살짝 훔쳐만 보았던

올봄
내 고향집에는 봄 대신
서울서 땅장사가 다녀가셨다

추락

일미칠근一米七斤이라고

말씀하시던 아버지 입에서 밥알 하나
힘없이 떨어진다

칠만 근의 무게로 내려앉는
내 가슴

이 상 임

인천 출생
인천대학교 국어국문학과 졸업
『순수문학』으로 등단
작품집(공저) 『자연으로만 익혀 낸 언어들』
『푸른 바퀴를 돌리는 사람들』
현재 양원주부학교 국어 교사

몸살

이 상 임

햇살 맑은 초여름 대낮에
전기장판 온도를 최고로 올리고 누웠다
거실에서는 냉방기가 돌아가고
내 살 아래에서는 뜨거운 불이 돈다
그러면서 생각해 본다
전기장판의 판을 뚫고
올라오는 열기가
내 살을 뚫을 때까지의 시간을 계산해 본다
생각보다 오래 걸렸다

신이 보여주는 세계의 풍경은
내 눈엔 늘 어둡다
깊은 살의 두께로
어둑해진 길을 걸어 오르는
전선의 온기가 점점 더 오래 걸린다
이 진통을 겪고 나면
환한 깨달음 하나 혹 내 몸에
지펴질까
초여름 대낮에 화형당하듯
목하 수행 중이시다

찔레꽃 연가

로사 씨는 늦은 나이에 한글을 배운다
하긴, 함께 공부하는 짝을 생각하면
늦은 나이도 아닌데
사람들은 그녀를 꼭 만학도라고 부른다
남편을 일찍 먼 나라로 보내서일까
스무 살이 더 많은 짝보다
더 넓은 바다가 그녀의 가슴에 산다

어느 날 그녀의 노래를 들었다
생전의 남편과
기타를 치며 부르던 노래라고 했을 때,
아무렇지도 않게 일부러 지은 표정인지
원래 그녀의 얼굴인지 모를 장면들이
수십 차례 지나고 노래는 끝났다

찔레꽃 연가의 한 구절이
태풍 카눈이 지나가는 길목에서
하얗게 꽃피었다

물 위를 날다

오랫동안 밀봉되었던 슬픔이
가랑잎 떨어지는 가을날
바람 불어도
잎은 멀리 가지 않고
강물 위로도
집을 짓는다

출렁이는 물잔등 위로
철새의 깊은 한숨이 몰려오고
강물은 서서히 목을 들어
툭, 툭 눈빛을 터뜨린다

찬연히 빛나는 깊은 골
때로는 잎도 그 길을 따라 흐르고
멀리 둔덕에 어깨를 기댄 노을
새로운 날에 대한 약속을 걸듯
일어서며 앉곤 한다

가을은 먼바다 어디쯤에서

이 강물을 기다리는 것일까
지친 걸음
어둠과 하나가 된 강물 속으로
모든 그림자
긴 여행을 떠난다

안단테 안단테

노르웨이 송내 피요르
그 깊은 계곡을 달리는 기차 안
한 동양 아이가
자꾸 눈짓을 보낸다
다섯 살이나 되었을까

기차는
명주실 타래처럼 풀어지는 협만 앞에서
두 시간여 만에 멈췄다
아이는 쉬지 않고
내게 웃음을 보낸다

이 먼 나라에서
한국어 한마디 못하건만
같은 피부 색깔
같은 머리카락만으로
아이는 두 눈 크게 뜨고
가장 아름다운 미소로 내 옆에 서 있다
우리는 빙하의 물소리를 들으며

카메라 앞에서 포즈를 취했다

하얀 기억 속의
엄마의 모습이
나를 닮았을까
아이와 손잡고 있는 내게
아이의 엄마는
입양한 또 한 명의 동양 아이를
내게 소개해 주었다

아이와 나는 한 손가락씩
잡은 손을 풀어놓고
송내 피요르는
깊은 침묵을
천천히 천천히
녹여내고 있었다

알혼 섬의 밤

팔월
시베리아 평원에는
구름이
사람 가까이 내려온다
풀의 입술에 귀를 기울이면
구름과 대지의 대화를 엿들을 수 있다

초원을 한나절 달려
바이칼 호수의 한가운데 섰다
알혼 섬.
새들은 구름을 닮았다
날며 산을 만들고
흩어지며 물을 낳는다

새와 구름을 위하여
바이칼의 밤 열한 시는
모성애로 뜨거워진다
절벽의 바위며
물가의 돌들

풀잎 풀잎 풀잎
붉어지며 따스한 미소
끝없이 산란한다
밤은 고요로 물든다

전 외 숙

경남 진주 출신
동의대학교 행정대학원 사회복지학 석사
부산대학교 행정대학원 행정학 석사
2002년 『시와시학』(시)으로 등단
창원보훈지청장 재직
jos25@hanmail.net

따뜻한 밥상

전 외 숙

긴 장마 속 허기진 참새 가족이 저녁 식사 사냥에 나
섰다

텅 빈 주차장에 빵부스러기 몇 조각 발견한 그들

둘, 셋, 몇 마리씩 교대로

차례를 기다려가며 근엄한 식사가 진행되고 있다

어디선가 날아와 주변을 맴도는 초췌한 까치 한 마리

남의 밥상 앞으로 감히 다가서지 못한다

참새들의 성찬이 끝난 자리

누구를 위해 슬쩍 남겨 두고 갔을까

저 젖은, 눈물겨운 밥상을

불모의 봄

불모산佛母山 가는 길목 저수지 가슴팍을 헤집고 버들
개지가 솜털 비비며 젖을 빨고 있다 앳된 목련화 옹알
이는 성주사 부처님이 들으시고 출입 금지 팻말 너머
선방 지키는 산동 처녀 노란 치맛자락 흩날리는 한낮,
저 건너 야산을 포복 중인 진달래 꽃무덤 헤치고 들숨
날숨 굽은 길 하나 바쁜 걸음으로 숨어들고 있다

대웅전 처마 끝에 매달린 풍경이 소스라친다 뎅 뎅
뎅 뎅그랑…

긴 짧은 말

아는
묵자
자자
존나

경상도 남자가 집에 와서 하는 말이
딱 세 마디에서
그래도 네 마디까지 늘었다는데
말의 근검절약이 지나쳐
바짝 마른 가정이 때로는 거북등처럼 갈라 터지기도
한다

눈두덩 퍼런 봄날 친정 온 시누이
긴 낙동강 사연 다 풀어놓는데
아이구 불구대천지원수! 원수! 하면서도
버릴 수 없는 미련이 셋이나 되니

그 원수 같은 넘하고
한이불 덮고 산다고

미쳤지
당장 때려치우라고 큰소리치는 내 남편
지가 기면서

이 양반아, 당신은?
제 여동생 귀한 줄은 알면서

눈두덩 시퍼런
지 마누라는 안중에도 없제
너,

힘 빠지거든 보자고
속을 박박 긁고 있는 중이다

저 능소화

절 마당 한가운데
거센 불길이 치솟고 있다
없는 절이 타들어 가고 있다
불기둥은 새끼를 낳아
네 개의 기둥을 세우더니
동서남북 어깨를 두르고
천 년 어둠을 건너 옛 절을 일으켜 세운다
바람이 구름을 불러
침묵의 땅에 비를 내리고
하얀 물안개 이는 하소

하늘새 한 마리
청하산 자락을 맴도는데
어디선가 탄불가, 꽃잎이 지네
꽃잎 지는 소리 속으로 내가 지네

대장장이

남가좌동 모래내 대장간
헐떡이는 풀무 한가운데 거친 바람이 인다
불끈대는 구릿빛 등판
누천년
불의 혼을 두드리는 사내, 모루 위
뜨거운 춤판이 벌어지고 있다

달구어지지 않은 것은 없다
산맥이 솟아오르고
뜨겁게 휘돌아 나간 강줄기에
버려진 생명

섭씨 천 도의
불구덩이 속에서 달군 사랑이
한 송이 장미로 싸늘하게 피는
날

불씨에 목숨 거는 저 사내

최 승 훈

강원도 춘천 출생
한국동시문학회 회원
시집 『개부랄꽃』(결혼10주년기념)
tmdgns0617@hanmail.net

아내가 오늘 저녁은 라면을 먹자고 한다

최 승 훈

동생은 어려서 안 되고
형은 형이라서 안 되고
어머니는 유독 나에게 잔심부름을 많이 시켰다
하지만 모든 것이 다 싫은 것만은 아니었다
한 달에 한두 번 어쩌다 라면 심부름하는 날이면 나는
황구처럼 꼬리를 흔들며 동네 구멍가게로 신 나게 내
달렸다
유일하게 심부름 값이 딸려 나왔는데
라면을 꺼내고 봉지에 남은 부스러기가 내 몫이었다
고사리손에 탈탈 털어 모으면 한 움큼도 안 되는 양
이었지만
과자가 귀한 시절
사막을 여행하는 자에게 한 모금 물과도 같았다
찬바람이 몰아치던 어스름한 저녁
그날도 서너 봉지 사 들고 신 나게 뛰어오는데
돌부리가 내 발목을 꽉 잡아당겼다
무릎은 까지고 콧잔등에서는 핏물이 흘러나왔다
막 퇴근하여 들어오신 아버지가
절뚝절뚝 엉엉 대문을 열고 들어오는 나를 보시더니

와락 감싸 안아 주시며 어머니를 호되게 야단치시던
때가 있었다
　나 때문에 어머니가 혼나는 것만 같아 더는 아프지
않았다
　그날 저녁 어머니한테 받은 심부름 값은
　두 손을 벌리고도 넘칠 만큼 참으로 행복한 저녁이었다

망년회忘女會를 마치고

늦은 저녁 눈발은 날리기 시작하는데
택시는 좀체 잡히지 않고
희미한 가로등 아래 둥근 막대사탕처럼 꽂혀 있는
버스 정류장 표지판
혀로 쓱쓱 핥아 보다가 싫증 난 바람은
얼음장 손길로 골목 구석구석 더듬거린다
문득, 도르르르 방황하던 종이컵 하나
내 앞에 멈추어 선다
주둥이에 찍혀 있는 립스틱 빨간 입술
눈물인 듯 흘러내린 마른 커피 자국
내 발에 기대어 흐느끼듯 어깨를 들썩인다

― 그녀가 훔친 것은 내 입술이 아니었습니다

왠지 모를 슬픔에 나도 그만 털썩 주저앉아
언 손 호호 불어가며 차가워진 종이컵을 어루만져 주다
내 가슴속에도 불씨로 남은 입술 자국 숯불로 타올라
벌겋게 달아오른 얼굴
쌓인 눈에 문질러 보는 것이었다

호미자루

날이 무디어 갈수록
자루에는 반짝반짝 윤기가 돋는다
돌 틈 작은 풀 하나 놓치지 않고
콕콕 잡아올리던 부리마저 뭉툭하게 닳아
쇠비름조차도 뽑아낼 기력마저 잃은 호미는
헛간 구석에 놓여 나날이 녹슬어만 가는데
자루에는 여전히 윤기가 살아 있다

아버지,
노환으로 쓰러지신 후
한 달 넘게 바깥출입을 금하신다
헛간보다도 적막한 방 안에 홀로 누워계신 아버지
버짐꽃 만발한 얼굴을 닦아 드리다 보니
문득 아버지 손이 야윈 호미자루를 닮아 있었다

자작나무의 우화羽化

하얀 살결에 점점이 검은 무늬가 박혀 있는
자작나무 줄기를 바라보며
줄곧 누에를 닮았다는 생각이 들었다
자작나무숲에 바람이 일면
수천 수만 마리 누에들이 꼼지락 꿈지럭 일제히
산을 향해 기어오르는 것만 같았다
그런 날이면
시인이 아니더라도 귀밝은 사람이라면 누구나
사각 사그락 뽕잎 갉아먹는 소리를 들을 수 있으리라
쌓인 눈을 뽕잎처럼 갉아 먹고 자란 누에는
이른 봄날 마지막 성장을 멈추고
입에서 초록색 실을 동글게 둥글게 감아올려
자신만의 집을 짓고 기나긴 여름잠에 드는 것이다
마침내 가을이 오면 번데기 잠에서 깨어난 누에는 한
잎 두 잎
자신의 집을 허물기 시작한 것인데
자작나무숲 속에서 누에나방이 날아오른 것을 봤다는
눈 밝은 사람을 아직 만나본 적은 없지만
아담과 하와가 허리에 두른 앞치마가

누에가 **뽑**아 올린 자작나무잎을 따다 엮어 만든 것이
라는
　상상의 날개를 나도 나름대로 펼쳐 보곤 하는 것인데

일급 비밀

너를 만난 후로
계절은 여름을 향해 성큼성큼 내달렸고
너와 잠시 헤어진 사이
지구엔 긴 겨울이 시작되었다
라는 나의 유치찬란한 시에 너는 모시나비 날갯짓하
듯 손뼉을 치며 호호호 제비꽃 연보랏빛 망울을 터뜨렸
다 그리하여 그해 1991년 봄이 시작되었다는 사실을 아
는 사람은 세상에서 오직 너와 나 단둘뿐이다